詩集

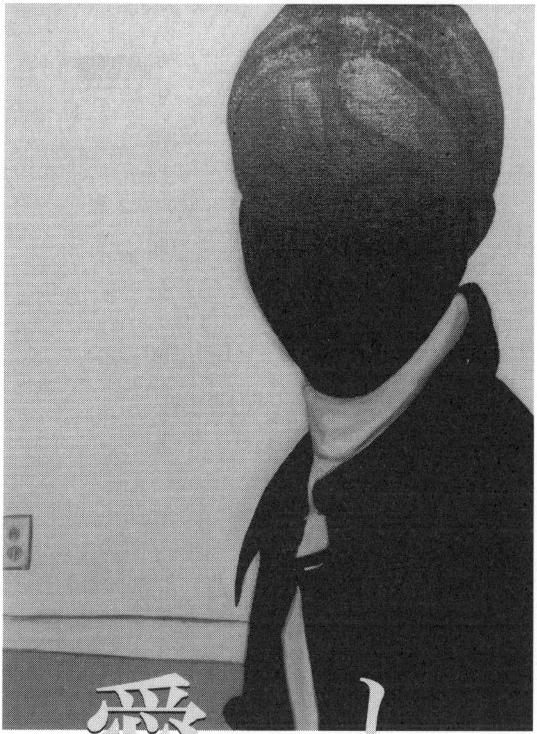

愛【kanashi】し

永岡知子

文芸社

近ごろ、雷様《らいさま》がよく現れる。ほら、まただ。昨日も今日も雷様は怒っているのか。喜んでいるのか。そろそろ梅雨が明けよう。エルニーニョだという……。にしても、何だか様子がおかしいのは確かであり、別に僕がどうこう言えるものでもないのだが。

暑い雨、冷たい陽射し。風は地球の裏側へと歩む。吹き荒ぶものは誰？　いや、無し。明日、戦争は始まり、僕は仏陀のもとへ出家しよう。この闇は重力が強く、光さえも出口を失う。大地の涙、天の砂、ここにあるものすべてを否定し、飛ぶ。鳥は目を閉じ、周りのものは目を開ける。虫は耳を外し、草は何を頂こう。筆を走らす脳みそと手を動かす僕が、少しずつ、現実に近づく。

人は皆、雷様と呼ぶ。近ごろ、よく現れる。大地が天を揺るがす。天が人を揺るがす。目には見えない微生物等が、皆、狂喜している。不思議は明かされ、明かすことのできないものは、また、不思議に戻る。すべての循環はここから始まり、終わりがあると思えば無く、決して、易しくはない。

雷様はどこへ行ってしまったのか。地には光が射している。地は光を受け、人を呼んだ。人は海にまたがり、光合成の意味を知った。極熱の秘密、極寒の秘密。この手では造られないし、この足では踏めない。心でも考えられなくて、頭だってそうだった。運が良ければ、音を聴くことができるのだが、誰もが無意味だという。無意味の中にある意味が生きている。決して、易しくはない。

早晩、人は死を迎えるが。ただ一つだけ、人には感情がある。僕も間近でそれを覚えた。僕はもう、その意味を知っている。知っているのはそれだけ。そこまで。移動する猫と、住み着くねずみ。散歩をする白鳥と、閉じこもる人。甘いキュウリと、真っ白なスイカを食べてみる。意味のないものの意味を、知る。知らないものは多く、目に映ってはくれない。

進化をたどれば、それはとてもおかしい。すべては無から始まったという。ミクロなものは膨らみ、ビッグバン宇宙によって雷様の先祖を造り上げた。太陽系が形成され始め、太陽の周りに無数の微惑星が造られた。そしてそれらが衝突や合体を繰り返し、この地球が誕生したらしい。

まず雷様は、水蒸気で海を造った。最初の命はここで生まれ、海の生物は次第に増えて行く。両生類が上陸したことで、陸の上の動植物も増えた。海を造っただけで人類までも誕生したのだ。不思議だ。だが、すばらしい芸術だ。美しい。人は何を守るのか。とりあえず、雷様に感謝しよう。いつか、また戻るのだから。

近ごろ、雷様がよく現れる。僕がそう呼んでいる。光の芸術は、あんなきれいな花火でもダメで、勝るものは無し。どうして、だなんて、そう易しくはない。

一体、何様なのだろう。お前は何のつもりで壊す。

怒りは聞こえないのか。震える体は訳を知らない。髪の毛一つ、落とす。残るは罪。人は罪を知らず、罪だけが人を知る。僕のとなりには、全く存在しないものが並び、僕はそれを知らない。

そして、循環が始まる。

明日は朝早く出るつもりさ。みんなの知らない内に。黒い雨、赤い涙。緑の唾液や、黄色な血。液なるものが形を造り、襲いかかる前に、飛ぶ。鳥は草を食べ、虫は木の実を食べる。草は鳥のために生き、人は何のために生きよう。見えないものが見え始め、見えるものが闇に包まれる。重力を感じたら、もうおしまい。要らないものは要らない。春・夏・秋・冬。青は春につくのではなく、夏につくのだ。青は海を指し、海は人の命を示す。赤ん坊は泣きやみ、老人が泣き出す。僕は筆を止め、目に心を傾ける。空の光を探す。雷様……。そう、人は呼んでいる。今度現れた瞬間、一体何が起こるのだろう。そんなことは、誰も知らない。

Fin.

愛し

地球の端っくれの階段で非を愛する。
この感慨は風に消されてしまい、ちっぽけな願いは
涙で固めてしまった。私の心の言葉の奥を重ねる度、
現実がまた幅をきかしている。全てのクズや今までの
失敗を鑑みても、何か周りの弱さに隠れることはない。
夢と現実を勘案したとしても、結局たどり着くのは私
で他にはない。非を生む限り、非を生ませるだろう。
不必要な荷物は捨て、また一点を見つめている。
私の脳の薬袋の中をかき回し、モルヒネにまた手を
伸ばしている。

片隅の届かない貫録。

変わらない。いろんな目を持つ手が嵐となって襲う。
ぶつかり合い、叫び、そして滅んでゆく。
止められない脳はその落とされた涙を拾う。
いずれ天使も死んで小さく羽根を震わせるだろう。
人間の目には飛ばないだろう。

変わることはない。言葉は生きるために殺し、生まれる。
何も考えず、笑い、そして滅んでゆく。
解決できない体はその落とされた怒りを拾う。
いずれ神様も離れてまぶしい光を切るだろう。人間の内から消えるのだろう。

共に与え、返しながら少しずつかわり始める人間の姿など誰の目にも映らない。
灰色の空の中で人間は病んでゆく。

あなたは誰？　何故泣いているの？　虫が攻撃してくる。
皮膚が焦げ付くの。こんなにも叫んでいるのに
受け止めることしかできない。

空しい瞳が飛び出している。心が痛いの。こんなにも愛されているのに満足な笑みを見せることができない。

この階級が精神までをも蝕む。逃げ出したくても、
強くありたくても、そのすべがない。
いくら涙を流しても情は情のままで、人間はまた一番上を望んでいる。
一体何ができるの？
人間とはこんなもので、私はこんな人間の下に幸せを感じている。

夢の中、あなたは私の手をひき、ご無沙汰の笑い顔。
忘れてゆく声の音程が、私を殺してしまいそうだった。
私が、私を殺してしまいそうだった。

夢の中、あなたは私に多くの罪を投げようと、
切ない二人。消そうとした愛一つ一つが、
くっきりと蘇るようだった。
嫌悪漬けにされる私が見えるようだった。

夢の中、ほんの一瞬の言葉を思い出し、
文を書く感触。覚めたら、この目は誰を見ているの
だろう。そのまま流されるのか、私を殺すのか。

まさかそんなことがあるハズないから…。
でも鳴らしてしまう。遠い人だと分かっていても、
誰かに偽ってても、落ちつくオアシスを見たから。
これからどうなるかは分からない。
今はこの時を楽しみたいの。
優しく踏みつける喉を知りたいのよ。
冷たい手が赤く染まっていく。私にも心があることを
知って。
また、っていつ？　淋しい。怖い。
本当を理解できないから。
雨にうたれて願い事を歌う。包まれたいその音をじっ
と…。
明日を待ってる。知らない愛を。
私は罪人だから、今は罪さえ感じてない。

そこは果てしない世界。風の鼓動が聞こえる。
海の悲しみが見える。また、くり返す。
青く塗られてゆく。全ては、黒く色を失ってゆく。
辛い過去を消してゆく。知らない明日に火をつけ、
ゆく。そしてまた、くり返す。
強いリズムにのって、穴を掘って、立っているのは
崖っぷち。そこで見たのは涙で光輝く道。愛の歌。

そこは、動かない地球。
時間を止めようと必死で目を閉じた。
それでも朝を迎えようと歩きだすのは、
くり返して、くり返すから。

青の景色に続く道。赤い薔薇は枯れてしまった。
わたしは大きくなったか。
声は響く。重低音の夢にのせて。

青の景色に架ける橋。涙で海をつくるくらい。
わたしは強くなったか。
叫びは鳴る。軽高音の想いを胸に。

与えたものも、与えられたものも、今ではこの青く染
められた景色に埋もれている。
答えも見つからず失ってしまうのは
このせいだろうか。

夢は限りなく、遠くまでも橋を架ける。
儚いもののために。道は、続く。

これら奏でる音楽が君を包む。愛を探す。
極めた指先も、狂わせた声も、皆、感情の旅。
続いてゆく力が最高潮で太陽を揺るがす。
痛みは希望を作る。
その波にのって列車は走るだろう。

ここに響く勇気で君を包む。極限を探す。
戦う言葉も、難しい心も、皆、葛藤の旅。
まだ知らない空が最高度で人間を押し出す。
悲しみは明日を作る。
その夢にのって列車は走るだろう。

そのままゆく。君はそのまま揺られてはい上がればいい。
そのまま行けばいい。

これは若者の叫び。
言葉の数は目の輝きにおびえ、けいれんす。
何が正しいと、不満げな心は空を見る。
青い24度の海を。
手を広げてその頭を撫でてあげようか。
草原を作るから。その口をそっと静めてあげようか。

これは秘めた若者の叫び。
世界の声は目の輝きに通じ、夢を見る。
何が怖いと、強力な熱は航路を描く。
小さく光る命を。
足を伸ばしてその灰を塗ってあげようか。
それでも呼吸をするから。
その血をそっとくるんであげようか。

若者の叫びが続くのは、ここまでの愛を知って
これからの愛を飛ばすから。非《あざ》を生むから。

この世の果てまでも、未知なもの。
私をはなさない、このきついものは一体、
何処までの存在なのだろう。
憎悪からなる空気の揺れは全ての生き物に
死を与える。気づくことなく。生まれ変わる
ことなく。

林は強い雨に打たれ、何故か淋しい。
人は雨にさらわれ潜む。そう、気づくことなく、
これは進められている。教えることなく、
これは存在している。
誰に気づかれることではなく、私自身
気づくことができない。

「恍惚人間」

見てごらん。我世を見据えてごらんなさい。
光はどこを照らしてる？
どれ程の道が見える？
朝を迎えるや、夜を迎え。
柔らかい空気に微睡んでいる。
落ち着きなさい。
結局、映るのは真実で無意味なものになるのでしょう。
しっかりと感じなさい。

傾くは、仏世道。夢遊は道しるべを伝う。

あの目を潰したい。あの声を、あの指を。あの足も、
あの音も。あの言葉も潰したいの。
そして土の奥深くへ埋めて、罪種を蒔くのよ。何が生まれるのかしらね。きっと一番美しい枯骨が世界を飾ってくれるわ。

その言い訳を、その詭弁を、その偏重を、意識がなくなるまで、そう、脳を潰すように見つめるの。そして美音な叫喚の中で、癒されていくのよ。何が生まれるのかしらね。きっと一番醜い幸福が眠ってるんだわ。

裸足のまま走る私は手を組んで。美醜の所以を
あの目に焼き付かせるの。もうおしまいなのよ。

このまま行けば世界は終わる。
私の思想は消えて、自分の形は変わることはない。
人に届かなくて静かに静かに目を閉じる。
小さな情から大きな殺意が生まれ、
そんな罪も越えて忘れてしまうだろう。

何に向かうのか、このつながりは続く。
痛みを投げ合いながら、勝つことはない。
浄化する間もなく堅く堅く目を閉じる。
その目から言葉を受け、その手から救いを感じ、
そんな悪意も越えて流れてしまうだろう。
自分の形は変わることはない。
このまま世界の終わりを見るだろう。

砂のうえに家を建てた。私は孤独を覚えた。
これは間違ってる。そうわかって言葉を生む。
それに重ねて罪を。私は美しいの？　誰も気づかないの。疲れたの。
この目の奥に花を飾った。薬で育て方を覚えた。
枯れないようにじっと見つめている。あなたがくれる罪を。
私はカワイイの？　誰も知らないの。悲しく疲れたの。
体に触れれば、温かい流れを感じる。
あなたを想えば、冷たい個体を感じる。
私が人間だというのなら、いくら考えたって答えは
見つかるハズがない。私は優しいの？

熱いわ。これまでの罪が私を襲うの。
冷たいわ。あなたが私を別の目で見てるの。
なぜ？　もうわかってるのよ。覚悟だってきっとできてると。
怖いわ。つぎのこの口から出る言葉を探すの。
泣きたいわ。これから辛い過去を負って生きるの。
なぜ？　もう変わってるのよ。誰も見つめることなんてできないと。それでも燃やされるときが来るまで
生きなきゃいけない。私が生まれて来たとき、
そう約束したから。想像を超えた現実を
知ってても、明日は見えないから。
「際限ない脳をどうかお許しください。」と、願い続けるのよ。

「物言う花」

冷えた目ね。悲しい声ね。
でも何だか美しいわ。
その姿、私に頂戴な。その力、私にも。

まるで魔法ね。硬い霊気ね。
でも何だか美しいわ。
その姿、私に頂戴な。その力、私にも。

美しい私を頂戴《ください》な。
美しい私を頂戴な。

そのリズムを繰り返し、涙は見せない。
豊富な白骨を感じて尊う。
自分のまだ小さな声はこの現実に消されてしまう。
繰り返し、それでも大きな目には映るのだろう。
階段を上る。青い流れを知る。雲の甘さを包む。

そのリズムを繰り返し、過去は見せない。
知的な唇を見つめて尊う。
紙切れ一枚を突き破れない悔しさにステキな
笑みを浮かべてしまう。
繰り返し、それでも鋭い目には映るのだろう。
あの階段を上る。オアシスへと向かう。光の優しさを
もらう。

小さな目には命を燃やす大きな愛があって。

今までなら上り切れない階段を、
大声で叫んで跳ね返ってくるものと、
光の余韻でもう一度だけ見つめてみる。
風の当たりを感じてみる。
何か、熱いものが来る。
こちらへ向かって来る。気。
一歩一歩足を踏み締めて上る。
裏から伝わるエネルギーを逆流させ、
脳へシゲキした。

そう、見えなかったものは見えなかったもの。
でもいつか上った後に答えが返ってくる。

続いていくものに光が見える。人間は夢を握る。
おびえ、苦しみ、そして歩き始める。
次の壁の大きさに頭を抱え、それでも過去は、
明日への土台を作るだろう。

降りかかる言葉に闇が見える。私は希望を探す。
狂い、苦笑し、そして歩き始める。
泣きたくなる程の現実に自分を殺し、
それでも未来は今日の願いを感じるだろう。

一つの花に心を打たれ、どこかの声に涙を病み、
人間は歩き続ける。
故意も呪縛も風になり、あなたの背中を押すだろう。
人間は愛を知るだろう。

声の中に初めて知った真実。一つの通い合うものを知った真意。
改めて私の心の中を探った、人間の無常。
意志を覆された者は、その欠如を客観に受け渡す。
答えの見つかることのない私に。
誰よりもたくさんの慈悲を持っていても、ただただ怖くなるだけで。
悲しい涙を隠すのは、脂の臭い。

柔らかい息を埋めた過去。鼓動を忘れていく怪異。
天涯孤独で寒さにおびえる、無垢な少女。
全ては終わってしまった者に、この仁愛を遠く送り届ける。
答えを分かっているあなたに。
何よりも強い音を感じていても、ただただ憎悪を生むだけで。
悲しい涙を隠すのは、脂の匂い。

悲しい声の消したい一世の業。

海が、大きな海が……。
今ではとてつもなく大きく思える。何故。
さみしくなるのか。手の温もりを時が運んでしまう
前に、あなたとの海を思い出す。
今ではとてつもなく大きな海を。
不思議。見えてるころは叶わぬものも、見えなくなっ
て真実を知る。辛くても、優しいもの。
愛は言葉を消して、わたしを残す。
あなたは陰を消して、わたしを残す。
何が残るかも、何が消えるかも、わからない。
でも、海はあなたを消して、永遠を残した。
それがどんなに大きくても、海は、底へ沈めてしまう。
今ではとてつもなく大きな海をわたしは感じているか
ら。

大変永い。これが私を見てる？　決して長くない命を知ってても。
今でも信じられない程のショックを沿び、
手には永遠を握っている。
何処へ行ってしまったの？　私をおいて。
今でも想像は続くわ。だってそうするしか、
そうすることであなたをつないでいるから。
もう何度目かしら？　こんな感じ。喪失感が私を襲うの。
この前だってまた腕を切ったのよ。私がどんどん変わっていくのがわかるの。
怖いの。いつも呼びかけてるの。
あなたを。勇気が欲しくて泣き叫ぶのに、結局
越えられないわ。人の悲しみの度は違うけど、
私はもう悲しいのかしら？
いつも探しているの。あなたを。乾いた涙を。
遠い星を。根源を。聴いているの。風の気配を。
あなたの海を。儚い詩なの。

誰のせいでもない。ただただ自分の弱さ。
間抜けな地球を歩いている。醜い人間を見ながら。
見捨てられたクズを集めて愛をリサイクル。
出来上がった人間の重みを感じている。
ノスタルジックに浸りながら悲しく歌う。
遠いあの人を想う。身につけた、越えた形を消したくはない。たとえ新しい星を歩くとしても。
変わらないわたしがいて、変わっていく愛があるとしても。
わたしは生きていくためにきっと頼っているのかもしれない。誰のせいでもない。だまって罪を拾い、
そっとこの間抜けな地球を歩いていく。

風を吹かして空を歩くわ。
あったかいミルクを飲んで、満タンにして心をつなぐわ。
旅人の目的は海を造ることよ。
力が必要なら手を貸すのよ。
これを越えるのならこの足を貸すわ。

簡単よ。ほら、果てが見えるわ。
あなたの言ってた愛ってもんが言葉にかわるわ。
タバコをふかして道を造るわ。
あったかい御茶を飲んで、いっぱいにして夢を見るわ。
旅人の目的は砂を蒔くことよ。
声が欲しいなら歌ってあげるわ。

みんな包んであげるわ。

「えぐつぉ」

染まれない僕は、この海の空を見上げている。
白く、冷たく、きれいな空。冬。
宇宙の広がりを感じる。
明治維新を迎える。幕末の流れに乗りたい。
染まらなくていいんだ。みんな変わっていく。
静かに考える。あの時代の空はどんな空…。
江《え》口《ぐつ》緒《お》山《ざん》へ登ろうか。
高く遠く思い出す、昔の僕。

ぶち壊す。ぶち壊して立ち上がる。
そんな勇気の壁は高くて。
言葉をいくら知ってもその意味は無駄だと知った。
越えられず、ただ血管だけが浮き上がる。
通らず、ただ虚しい声だけが響く。
人間の階級。抑圧の波は果てを見ているのだろうか。
本当の悪などもうわかっている。だから正しいことは
わかっている。猶予とは関係ない。
ぶち壊す。ぶち壊して息をのむ。
ぶち壊して進む。
月夜の晩、闇を抜け出す。ループをくぐり、
広がるのは夢路。

不断の力で
力は、違う力で生まれ、孕む。
欺瞞のすれすれの境界に立ち、
自己が確立するのだ。
不断の力で私は立つ。諧謔を創造する。

不断の痛みで。
痛みは、違う、全く違う振動を見、笑う。
時世満開の不満に気づき、
研鑽の心を知るのだ。
不断の痛みで地を這う。疾く読経する。

全ての見せ金が力の根源に到達する。

「塵界、人間の如し」

反射は光の技よ。大切な鏡も、いつか
悪夢を見るわ。恐れ、闇を隠す醜人を映し出し。
人間を映し出し。存在から現実を映し出す。
光の威力、ぶっ放す。

反射は音の技よ。幸せの空間も、すぐに
地獄になるわ。荒れ、眼下を忘れさす癒しを憎み。
人間を憎み。柔《やわ》音《ね》から美を払い、憎み泣く。
音の威力、ぶっ放す。
その腐った脳、犯した歩み、汚れた力、馬鹿な語り。
罪に罪を重ね作り上げた、これが塵界よ。

人間が見えるわ。人間が聴こえるわ。

そっくりな私がキバを向ければ、
そっくりなあなたは病みにふける。
心の底に見えない涙をためるはず。
私を見るはず。

そっくりなあなたが怒りを落とせば、
そっくりな私は遠いお国へ行く。
穴という穴から汚物を流すはず。
そして見せつけるはず。

そんな時間を数え、そっくりなあなたは
何を思う。もしかすればその内、皮をそぎ
とるのか。そっくりな影がどこかに行ってしまう。

私には変えられない。小さなものも、大きなものも、
すべて穴に埋めてしまう。見えないように目隠しして
闇をつくろう。そういつも逃げてしまう。
手を伸ばせばきっと届くだろう光は、邪悪な
波にのまれてしまう。
また一つ、希望は消えていく。

どんな言葉に救いがあるのか、私には探している
余裕もない。老若男女にかかわらず、すべて
穴に埋めてしまう。聞こえないように耳をふさいで
世界をつくろう。そういつも愛を殺してしまう。
投げればきっと返ってくるだろう想いは、
冷たい雨につぶされてしまう。
また一つ、夢は消えていく。

同じ人間は生まれるのだろうか。
そんなことはどうでもいい。ただ限りがあるの
ならば、それはみんな同じであってほしい。
そう願うのは小さな人間。

私はしっかりと受け止めてるの。
今までの過去も罪も。
これが私の性分だとしても、今日見つけた愛を
大切にしたいから。
ずっとわからなかった。本当の意味は、きっと
これからだってわからないけど、
それでも私は違う目を知ったんだわ。
私は今とても幸せなのよ。
誰かを愛して、誰かに愛されて。
そう、あなたを見つめたように。
温かい声を感じてるのよ。
小さな華奢な花火もやっと触れるようになったのよ。
私も強くなったわ。あの恐しい雷も、
今では一つの音楽に聴こえてくる様よ。

美しい。たまらなく美しい。
私は美しい。
鏡に映る美しい人。私。
世界を歩く私。美しい。
全てを感じる美しい私。
生まれくる空しい私。

後までも残るだろうか。
深い傷と一緒に深い傷をつくった。
そのうち白く消えるのだろうか。
不安かも、安心かもわからないまま、
刻まれてゆく幾つもの跡。
だれも気づくことのない、この苦しみ。
ただ深く傷をつくった。
それでよかった。これで私は癒されているから。
タバコだって酒だっていらなかった。
私にはこの手があったから。怖い。
私が怖いのだろうか。人間が怖いのだろうか。
わからない。止めるあなたには悪いけど、
何故だろう。落ちついてしまう。

わたしの一言で何人の者が壊れるのだろう。
わたしのすることで何人の者が去るのだろう。
目には見えない線がそこにはあり、わたしが稲妻を落としたら何人の者が泣きわめくだろう。
まだ、実はわからない。でも、孤独をは、感じている。
止め方も知らず、笑い方も知らず、この神経は自律している。
ニューロンの仕組など知らない。
でも、神経は常に働き、言葉に圧力をかけてくる。
この鋭いナイフで何人の者が滅ぶのだろう。

動きのないものに魂を入れる。
捨てることのできない勇気。それは恐しいけれど、
いつかの自分は救われている。
常に前を見、傾きをくずさず。手をつないで、座る。
皆、全く理解不可能な言葉を交わす。
秘密の花園。扉の向こうにはバラのとげ。
循環は、一瞬時間を止めた。
どうやらこの世界は自分だけのものじゃないらしい。
動きのあるものは人間だけじゃないらしい。
息を吹き返した今は、辛く寂しい今は、
永遠に落ちることはなく、
人間は、今日も泣き止むことはない。

愛狂う。濁水溢れだし、
神経飲み込み渦巻く。
慟哭の縁よ。己の影よ。
なぞるつもりの狂う者よ。
静かに泣き止んで。

生狂う。治乱矛盾し、
視界遮れず血を吐き散らす。
ひん死の際よ。和気の叫びよ。
踏み殺すつもりの狂う者よ。
烈風をつかまえて。

愛、生、狂う者よ。
この狂気を凶器にしないで。
薄ら陽よ、この悲哀を残力で燃やしてしまって。

「カウントダウン」

勢いは静まり、後は始まりを待つのみ。
何も知らず、何も考えず人間は喜ぶのだろうか。
おもしろい。いや、恐ろしい。
冷たい胸はだれのためにあり、何を待つのだろうか。
この孤独はわたしと信じ、助けるばかりで他などない。
ただ人間は長く、切れないものを求めて明日の光を待
つのだろうか。

始まりは終わりを与える。いいものも、悪いものも、
決められてしまう。それでも始まりを待ち、
数を刻んでゆく。
叶いもしない夢ばかり抱え、他などない。
ただ人間は残りの時間でどれだけの過去を振り
返るのだろうか。

墓場を歩いてるみたいに真っ黒な顔をして、
どこに行くのと、曼珠沙華。想像できる？
今じゃ、火糞みたいに灯しても喜び見えぬ弱さで、
私を映してと、目もくれぬマンネリズム。分かる？

力埋もれるここに来てよ。そしてどうよ、
驚いたその目で全部語ってみてよ。
由など殺してしまえ。
憎いつむりを壊せるぐらい闇討ちを食らわしてよ。

悲しい言葉よ。ちゃんと見えてる？

迷い目。どこを見つめる。
迷い心。何を考える。
迷い声。どんな言葉を知る。
迷い唄。いつの音を探す。

全てを負う時、力を与え、全てを捨てる時、四苦を
受け止めてくれる。
悲しき迷い子、ここにありき。

迷い子を肥やす。育む。そして柔らかく弾む土を作る。
易しい道を踏んで行くのみ。
愛を浴び、喜び表すのみ。返すのみ。

涙を隠す時、脳を汚す時、罪に触れた時、
ある自由を投げてくれる。
辛いほど温を感じ、
悲しき迷い子、ここにあり。

行き詰まって、行き詰まって目を覚ます。
道は限りなく長かった。でもそこには力があった。
私はそれにつかまって歩こうと思う。
人間は皆同じで、不可能は見えない。

悲しくて、悲しくて夢を見る。過去は限りなく現実だった。
でもそこには愛があった。
私はそれを信じて歩こうと思う。
人間は皆弱くて、負けを知らない。

前途を悲観し、立ち止まるばかりで猜疑心が光を壊している。生きようと思う。私は高木を抱きしめ、遠くを見下ろす。もう随分向こうで笑ってる私が見えたのは気のせいだろうか。

離れて行く波は広がる地球の裏。
続く人間はどこまで歩くのでしょうか。
知らない土に触れ、どこまでつながるのでしょうか。
あなたの荷物は太陽に。たくさんのエネルギーをつめましょう。
花を咲かすから、たくさんの涙を拾い集めましょう。
違うあなたを見つけます。

砂がこぼれ逝く光は暗がる城の上。
眠る人間はどこまで夢を追うのでしょうか。
初めての声を聞き、どこまで育むのでしょうか。
私の愛は世界に。たくさんの悲しみを感じましょう。
死が近いから、歌を歌いましょう。
変わらぬ私を見つめます。

全く別の心の全く別の人間が、
全く別の世界で全く別の道を選びましょう。
それで確立されていましょう。

僕は何をしよう。君は夢を見よう。
星が届きそうだよ。空に手が届くんだよ。
地を歩めば悲しみを受けるんだと、
君は美しい笑顔で言うんだ。
だから僕は涙を拾いに帰ろう。
冷たい石を半分にしよう。
もう、ほんの少しなんだよ。

僕は何をしよう。君は高く近づこう。
船をおりるんだよ。幸せをもらうんだよ。
宇宙を感じれば悦びを見るんだと、
君はまたウソをつくんだ。
だから僕は人混みへ向かおう。
人間を味わおう。
非ばかりじゃないんだよ。

君は弱すぎる。そして負けないほど、強すぎる。
強すぎる。
次に僕は何をしよう。

この一歩に賭けてみようと思う。
あたしはちっちゃいけど、おっきなものを抱えているから。
まず、頑張ってみようと思う。
怖いのは、あたしの気持ちだけで、勇気が足りないだけで。
前に行くだけだから。信じてるから。

この力に賭けてみようと思う。
あたしを謙遜してしまえば、逃げを認めてしまうから。
まず、全てを吐き出してみようと思う。
怖いのは、あなたの気持ちだけで、譲歩しちゃうだけで。
前を見るだけだから。後ろは分かってるから。

あたしの力は既に道をつくってるから。

子供は、お手本であります。
無心が発明を導くのです。
未知が見えてくるのです。
当然を覆し、新たな力をいただくのです。
冒険のように、私はまた自分を探すのであります。

大人もまた、お手本であります。
思考が扉を開けるのです。
知恵が渦巻いているのです。
世を知り、巧みな神経操作に圧倒されるのです。
感謝するように、私はまた小さな自分を見つめるのであります。

【著者プロフィール】
永岡　知子（ながおか　ともこ）
1981年　山形県生まれ。

詩集　愛し〔kanashi〕

2001年2月15日　初版第1刷発行

著　者　　永岡　知子
発行者　　瓜谷　綱延
発行所　　株式会社　文芸社
〒112-0004　東京都文京区後楽2-23-12
電話　03-3814-1177（代表）
03-3814-2455（営業）
振替　00190-8-728265

印刷所　　株式会社　平河工業社

ISBN4-8355-1115-8 C0092